BoD™
BOOKS on DEMAND

Liebe Leserinnen und Leser,

wer von Ihnen hat nicht schon mal den Koffer gepackt, um sich in das Abenteuer einer Reise zu werfen? Wer von Ihnen kam nicht schon einmal enttäuscht wieder zurück und fragte sich, warum er sich das angetan hat. Auch ich habe manches Lehrgeld zahlen müssen. Doch mit Humor und guter Vorbereitung lässt sich so einiges bewältigen. Diese nicht ganz ernst gemeinte Erzählung schildert Erlebnisse und Erkenntnisse rund um das Reisen.

Ich wünsche Ihnen viel Spaß beim Lesen.

Ihre
Heike Boeke

Heike Boeke

Reiselust - Reisefrust
kleine Hindernisse beim Reisen

Bibliografische Information der Deutschen Nationalbibliothek:
Die Deutsche Nationalbibliothek verzeichnet diese Publikation
in der Deutschen Nationalbibliografie; detaillierte bibliografische
Daten sind im Internet über http://dnb.dnb.de abrufbar.

Herstellung und Verlag: BoD – Books on Demand, Norderstedt

ISBN: 9783749449224

Inhalt

Inhalt

Waren sie in diesem Jahr auch schon im Urlaub oder sind sie gerade in der Planungsphase? Mit dieser kleinen Abhandlung zum Thema Reisen möchte ich ihnen ein paar nützliche Tipps mit auf den Urlaubsweg geben und sie bei der mitunter unübersichtlichen Auswahl von Reiseangeboten mit ein paar kleinen Anekdoten zum Lachen bringen.

Zum Glück haben wir jetzt den EURO zumindest im europäischen Ausland. Kein wildes Suchen nach Lira, Franc oder Peseta mehr. Erst recht nicht mehr dieses ständige Umrechnen und die für sich gestellte Frage nach dem Preis. Nur irgendwie war es doch auch schön mal andere Scheine in den Händen zu halten. Da schätzte man bei der Rückkehr doch seine eherne Deutsche Mark. Die ausländischen Lappen landeten meist in irgendeiner Tüte oder schön eingeklebt im heimischen Fotoalbum. Ich möchte nicht wissen, wie viel solcher Scheine ihr Dasein in manchem Schrank und Buch fristen. Einzig die Schweiz und England verweigern sich strikt der Gleichschaltung. Sie haben ja auch irgendwie recht. Denn langweilig ist er ja schon, der EURO. Gut, wenn man im Ausland war, schaut einem irgendein König oder was anderes entgegen – immerhin ein bisschen Unterschied. Aber leider nix mehr zum Einkleben.

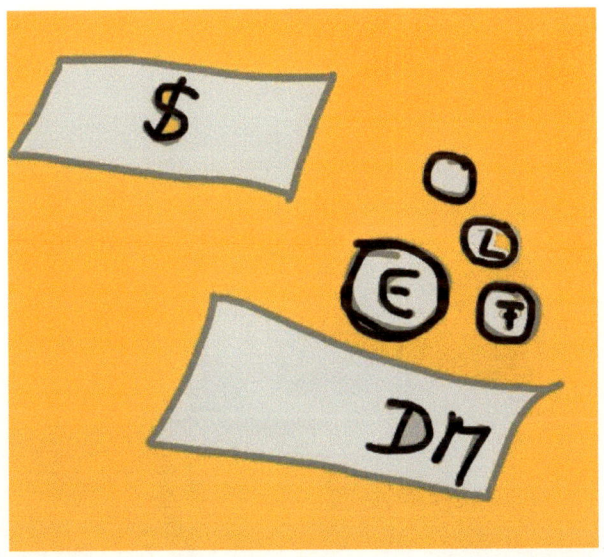

Ach so, ich wollte ja vom Reisen berichten. Eigentlich ist es doch nur purer Stress – oder sehen sie das anders? Es fängt schon mit dem Kofferpacken an. Garantiert hat man immer das Falsche dabei. Ich habe Reisefreudige erlebt, die haben sich extra für ihre Safari khakifarbene Kleidung gekauft, die sie nie wieder anziehen konnten – höchstens zu Fasching. Da ist dann nicht nur der Urlaub teuer, die vorherige Ausstaffierung gibt dem Budget den Rest. Und für was? Das man vor irgendeinem Wasserloch eine Antilope anschaut. Sicherlich, ein erhebender Moment, aber ob die Antilope das auch so sieht? Überhaupt, wenn manche Tiere sprechen könnten ...! Wenn bei uns ständig jemand im Vorgarten stände wüsste ich nicht, wie wir reagieren würden.

Afrika, das Land der Sehnsucht hat was, wenn man mal das Elend mancher Ureinwohner ausblendet, womit der Tourist in der Regel meist keine Probleme hat. Und was in der Kolonialzeit da so alles falsch gelaufen ist, das ficht den heutigen Touristen meist auch nicht an. Jetzt geht man auf Wein Tour, schwärmt vom Sonnenuntergang am Fishriver-Canyon, bummelt durch die Kaffees in Lüderitz und genießt eine Schwarzwälder Kirschtorte, oder sitzt eben vor besagtem Wasserloch. Doch vor dem Vergnügen kommt der Flug und die bange Frage, ob der Koffer denn auch am Ende auf dem Fließband landet, denn eine Rundreise hat es so an sich, dass man nicht auf die Ankunft des Koffers warten kann. Wie furchtbar ist es, wenn die extra für die Reise angeschafften Kleidungsstücke in einer anderen Destination landen, und man sich mit billigen Kleidungsstücken im nächsten Laden aushelfen muss. Alles schon geschehen – also überlegen sie sich, ob eine teure Shoppingtour vor dem Urlaub lohnt. Wenn die Reise vorbei ist, brauchen sie die Teile nie wieder.

Egal wie teuer man bucht, letztendlich sitzen alle vor denselben Wasserlöchern von Mücken umschwirrt und starren ins Dunkel, sitzen in einem Jeep oder einem Bus – wegen der Klimaanlage bevorzugt mit laufendem Motor - vor diesem und suchen ein Fotomotiv. Gut, man kann sagen, man war in Afrika. Aber war man dort wirklich? Oder ist man nicht in Wirklichkeit nur von Lodge zu Lodge gefahren worden, hat sich die Tiraden der dortigen Großgrundbesitzer über faule Schwarzafrikaner angehört und, wenn man Glück hatte, war noch eine kurze Begegnung – natürlich vorbereitet – mit Buschmännern in der Kalahari möglich. Machen wir uns doch nichts vor! Solche Reisen helfen den Menschen vor Ort nicht, sondern befriedigen nur unsere immerwährende Neugier, und befeuern die Geldbeutel von ein paar Reiseunternehmen. Ausnahmen bestätigen natürlich die Regel.

Davon abgesehen ist so ein Jetlag, nach dem Urlaub in fernen Ländern, auch nicht gerade zu verachten. Da wacht man mitten in der Nacht voller Tatendrang auf, um festzustellen, dass in Deutschland noch geschlafen wird. Entsprechend erholungsbedürftig ist man nach einem solchem Urlaub. Nur kann man sich leider weitere Urlaubstage nicht leisten, denn die sind zu knapp bemessen als das man sie im Bett verbringen könnte.

Mein Gewissen zumindest kann ich bei Fernreisen beruhigen. Wissen sie, wie viel CO_2 ihr Flug verursacht? Nein? Das ist ja mal ganz schlecht. Sie können den Dreck beim Fliegen über die Weltmeere zwar nicht verhindern, aber sie können spenden, damit irgendwo wieder Wald aufgeforstet wird, der durch unseren Flugwahn sauer geworden ist. Pervers irgendwie –,oder? Na ja, aber Verzicht, das kommt dann doch nicht infrage. Dann gäb es ja nichts mehr, worüber man neben dem eigenen Haus, dem eigenen Auto, der eigenen Frau, oder dem eigenen Mann sprechen könnte. Gut, ich fliege auch, ich geb´s zu. Und schlägt mir das Gewissen? Ja, manchmal schon.

Ich habe schon gedacht, mit dem Schiff wär´s vielleicht sauberer, und das Gewissen müsste nicht so pochen, aber Pustekuchen. Was die so aus dem Schornstein jagen, das holt selbst den stärksten Vogel vom Himmel. Ich weiß nicht, ob die Weltmeeresfahrer wissen, was sie so alles auf dem Sonnendeck einatmen. Da ist manche Messstation für Dieselpartikel in Deutschland direkt eine paradiesisch anmutende Oase, was die Luftreinheit betrifft. Außerdem stell ich mir so ein Schiff wie einen großen Knast auf dem Meer vor. Man kann nicht entfliehen. Man wird zwar irgendwo hin geschippert, aber dann doch wieder in einen Bus zusammengepfercht, um irgendwelche Ruinen anzuschauen. Klar, man wird unentwegt bespaßt auf so einem Pott, doch nur um in eine Muckibude zu gehen, muss ich nicht gleich auf ein Schiff, und irgendwelche Shows kann ich mir auch an Land anschauen. Die Länder an denen man vorbei schaukelt lernt man da bestimmt nicht kennen und die Leute schon mal gar nicht. Aber im

Ernst wollen Schiffsreisende das überhaupt? Ein kleiner Einblick reicht doch. Bevor man sich langweilt, ist man schon wieder unterwegs. Langeweile ist sowieso das Schlimmste, was einem Touristen passieren kann.

Gut, man muss nicht eine Stadt zu Wasser besteigen, ein kleines Schiff tät es ja auch. Aber sind sie schon mal in so einem Winzling gereist? Ich stelle mir das äußerst beengt vor und man muss sich wahrscheinlich schon sehr lieben, um die Reise noch fröhlich beenden zu können. Da helfen Sundowner bestimmt auch nur begrenzt. Man kann sich ja nicht alles schön trinken. Keine Ausweichmöglichkeit vorhanden - überlegen sie sich's gut! Zu acht ist es zwar billiger auf so einem Kleinsegler, aber der Rest ist dann vielleicht doch Schweigen.

Allerdings sieht man im Gegensatz zu diesen Wasserhochhäusern bestimmt etwas mehr von der Natur, denn man kann relativ nah an Land vorbei schippern.

Ich habe einmal so eine Guletfahrt gemacht - wissen sie diese Zweimaster - Motorholzboote mit Besatzung. An sich nicht schlecht, wenn man nicht zwingend an Land will, weil damit verhindert werden soll, dass die Touristen nicht dort die Getränke zu sich nehmen, sondern besser die Bordbar leertrinken. Manche Boote sollte man sich zudem nicht nur im Katalog anschauen, sondern bei einem Besuch vor Ort erkunden, denn es könnte sein, dass sie von außen zwar sehr gepflegt, aber von innen nur mit Lavendelsäckchen vor der Nase überlebt werden können.

Jedenfalls habe ich schon diese schmerzhafte Erfahrung gemacht.

Der Massentourismus birgt eben die Gefahr, dass auch noch der letzte einigermaßen seetüchtige Seelenverkäufer unterwegs ist. Aber da die Schiffe ja ohnehin nicht wirklich hochseetauglich sind, ist der Abstand zum Land gerade noch für einen einigermaßen fitten Schwimmer zu bewältigen, wenn der Fall des Falles eintreten würde.

Ach ja und dann gibt es ja noch diese Ausflugsboote. Da denkt man, man sieht irgendein Viech auf See. Was man sieht, sind Horden von Menschen mit Gerätschaften um den Hals hängend, die einen normalen Menschen vornüber kippen ließen. Und außer einer spiegelnden Wasseroberfläche ist da auch nichts anders drauf, als auf meiner kleinen Billigkamera. Überhaupt sind Tierbeobachtungstouren dieser Art eher etwas für Cowboys. Eine Menschenherde wird vom Kapitän-Cowboy zum Ziel getrieben. Die armen Viecher im Meer werden so lange gejagt, bis sie von mindestens vier dieser Schiffe eingekreist, aufgeben und sich endlich fotografieren lassen.

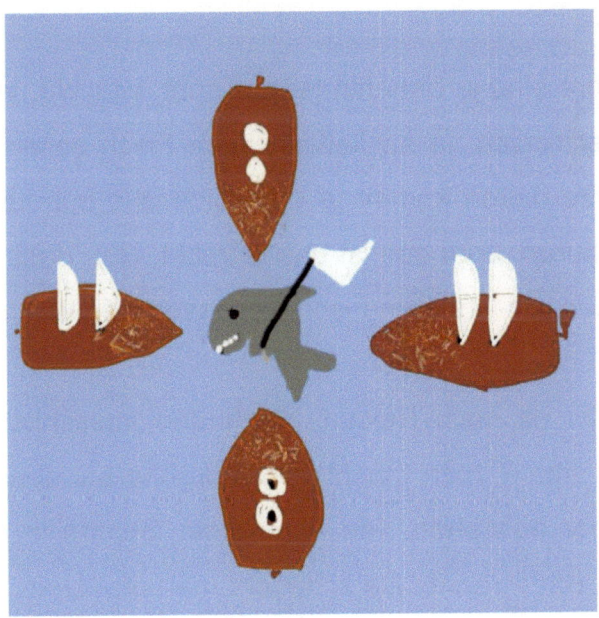

Gut, man kann es auch mit kleinen Holzbooten versuchen. Hab ich auch schon mal. Ich rate zu viel Ingwertee und Spucktüten. Aber man sieht mehr, das ist sicher – oder auch nicht. Der einzige Unterschied ist der, dass die Tiere zum Boot kommen, und nicht das Boot zu den Tieren. Auch wenn einem hinterher speiübel ist, hat man wenigstens ein gutes Gewissen. Und das ist ja recht selten in dieser Branche, wo die Masse zählt. Wenn sie also Wal – oder Delphin Beobachtungstouren buchen, sollten sie so etwas erwägen. Alles andere ist sowieso eher was für Weicheier und Naturbanausen. Eine schöne Natursendung tut es nämlich auch und schont den Gehörsinn der Meerestiere.

Die Meere sind ja ohnehin leergefischt, weil wir, wenn wir am Meer weilen, ja schließlich auch Fisch essen wollen. Die Hälfte davon kommt ja eigentlich aus irgendwelchen Aquakulturen, aber das ist uns wurscht. Nur, dass wir den Menschen vor Ort ihren Fisch wegessen - egal.

Dann gibt es noch Reisen, die finden ausschließlich im Wasser statt – man taucht von morgens bis abends, bis die Finger aussehen, wie nach einer Stunde in der lauwarmen Badewanne. Da scheucht man manches Meeresgetier auf, blickt in große Fischaugen, oder schießt ein Wahnsinnsbild von einem Wal. Dafür muss man aber auch bis ans andere Ende der Welt fliegen, um ein solches bald nicht mehr vorhandenes Paradies vorzufinden, denn auch dort schwappt inzwischen mancher Plastikmüll an Land. Und wer nicht gerade tauchbegeistert ist, läuft am Tag fünfmal um das winzige Eiland oder liegt, wo sonst – am Strand und kippt sich vor Langeweile einen über die Binde. Die Frage wohin der Müll, den man dort produziert, hingelangt stellt man sich am besten nicht.

Damit sind wir bei der Nahrungsaufnahme angelangt. Wenn man die Buden mit Eisbein, Sauerkraut und Currywurst mit Pommes betrachtet, die man inzwischen leider überall vorfindet, fragt man sich sowieso, in welchem Land man sich gerade befindet. Aber was der Bauer nicht kennt, isst er halt nicht – und so passen sich selbst Länder, die über wundervolle gute und gesunde Nahrungsmittel verfügen den lieben Touristen an - schade.

Natürlich muss man nicht gerade die getrockneten Heuschrecken, die in asiatischen Ländern angeboten werden, essen. Auch hierzulande isst man auch nicht alles, was einem so vorgesetzt wird. Aber die gleiche Nahrungszusammensetzung wie zu Hause zu verlangen, ist doch auch eine Beleidigung der Küche des Auslandes, in dem man sich befindet. Zudem hat man dafür oft noch mühevolle Anfahrtswege in Kauf genommen. Wie würden sie sich denn fühlen, wenn sie Gäste zu sich einladen und diese ihr Butterbrot mitbringen, bzw. die Rezepte der Oma auf den Tisch legen?

Auffallend ist das immer wieder bei unseren spanischen Nachbarn, die Gäste aus Großbritannien bewirten. Die Luft ist geschwängert von Frittiertem. Morgens schon diese Würstchen, Speck und Eier, und Menschen, deren Magen sich schon beim Anblick dieser Leckereien verkrampfen, stehen verzweifelt vor dem Buffet.

Apropos Buffet! Auch, wenn ich jetzt Gefahr laufe mit wüsten Beschimpfungen überhäuft zu werden. Nichts ist unappetitlicher, wie verschmierte Löffel, oder von kleinen Kinderhänden betatschte Melonenstücke und durchgegrämte Käseecken.

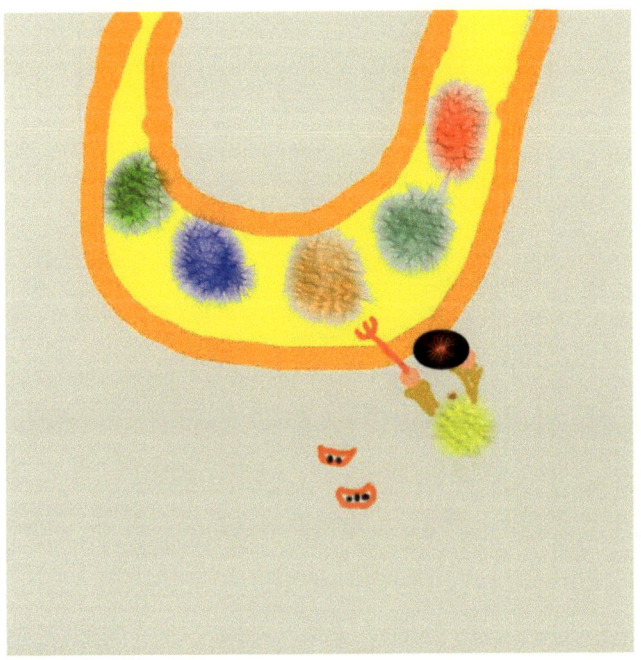

Doch – eins ist noch schlimmer. Überlaufende Teller mit herabhängenden Nudeln oder anderer Lebensmittel. An manchen Buffets hat man das Gefühl, der Tourist steht kurz vor dem Hungertod und müsste noch schnell was anfuttern. Danach schaut man oft auf Schlachtfelder voller angefangener Mahlzeiten. Auch laufen die lieben Urlauber meist noch kauend mit leergegrasten Tellern zum nächsten Gang so, als ob kurz darauf abgeräumt würde. Ich möchte nicht wissen, was so manches Hotelpersonal von dieser wilden Touristenmeute denkt.

Besonders schön ist es, wenn der Weg ins Restaurant noch mit Sand unter den Füßen in Badeschlappen und kurzen Hosen gegangen wird. Geht man in deutschen Landen eigentlich auch so an den Tisch oder wird sich so in ein deutsches Restaurant gewagt? Gesehen hab ich so etwas nur im Ausland. Leute, Hotelbuffets sind keine Strandbars und Manieren lässt man nicht mit dem Ab- schließen der Tür in der Wohnung.

Aber da gibt es ja noch neben dem Hotel die gute alte Fe- rienwohnung. Da kann man ungewaschen am Frühstücks- tisch sitzen und das essen, was einem schmeckt. Lukrativ für die Vermieter ist das ohnehin. Hierzulande würde sich sicherlich auch mancher Vermieter vorzugsweise eine kurzfristige Invasion von Urlaubern wünschen, als einen langfristig nervenden Mieter in seiner Wohnung. Aber wer will schon in Deutschland Urlaub machen, außer mit Re- genschirm und Gummistiefeln. Außerdem gibt es da so- wieso nichts Interessantes zu berichten - denkt so man- cher. Das Allgäu ist zum Beispiel so ein Gefilde, in dem mehr Ferienwohnungen existieren als Einwohner. Es lebt sich offensichtlich sehr gut dort, auch wenn das Wetter gewöhnungsbedürftig ist. Wenn man bei Einheimischen nachfragt, scheint dort immer die Sonne, und Postkarten zeigen einen hellblauen Himmel mit Schäfchenwolken und grasendes Almvieh. Die Wirklichkeit jedoch kann schon mal anders aussehen. Ich zum Beispiel habe schon eine ganze Woche im Regen verbracht und sogar Schnee kann es schon im August geben. Das Almvieh stand stoisch bis zu den Knien in aufgeweichten Wiesen. Doch manche Ferienwohnung ist so exklusiv ausgerüstet, dass selbst bei Gewitterstürmen ein Verbleib möglich ist, auch wenn man während des gesamten Aufenthaltes keinen einzigen Berg gesehen hat. Für den Freund archaischer Lebensfreude sind besonders die Almabtriebe sehenswert. Selbst, wenn man bis zum Knöchel im Matsch steht, macht es den Buben und Mädels einen Heidenspaß. Ob die Kühe das so sehen weiß ich allerdings nicht, zumal für manche braunäugige Kuh hier ihr Leben endet. Aber auch das ficht den Tagestouristen nicht an. Schließlich kann man nicht nur Bergkäse essen.

Warum also überhaupt in die Ferne schweifen, wenn das Gute so nah liegt? Zugegeben das Allgäu ist ein wenig nass und die Berge recht steil, aber er hat was. „Wenn man die richtigen Sachen anhat ist es ohnehin wurscht, ob es regnet", sagt der echte Allgäuer.

Besondere Hardcoreerlebnisse sind die Gondeln hinauf auf den Berg. Hunde erhalten zunächst einen Maulkorb und mitunter sogar eine Windel je nach Dauer der Auffahrt. Dann werden sie zwischen gefühlten 100 Menschenbeinen auf den Boden gestellt und schnappen nach Luft. Die Menschen übrigens auch. Die Aufforderung, die Rucksäcke abzunehmen, damit noch mehr hineingestopft werden können, werden dennoch munter ignoriert, sodass man mit dem Kinn auf dem Rucksack des Vordermannes aufliegt und der Hintermann einem den heißen Atem – vorzugsweise knoblauchgeschwängert, in den Nacken bläst.

Dann gibt es noch die Sitzgondeln – auch nicht viel besser, denn obwohl man zwar nicht die Wartezeit und drangvolle Enge einer Großgondel ertragen muss, und ein zügiges Hinauf Schweben dort möglich wäre, wird auch hier gedrängelt und gezwängt. Die Stöcke fliegen, die Gondel schaukelt und man sitzt neben einem schweißtriefenden Wanderer oder wahlweise einem nassen Pudel. Selbst schuld, man könnte ja hinauf und hinunterlaufen.

Ich bin ja ein Schönwetterwanderer. Eine Wolke am Himmel und schon wird diskutiert, ob es vielleicht doch regnen könnte. Das Internet mit seinen Wettervorhersagen ist da auch keine große Hilfe. Früher ist man einfach losgegangen, wurde vom Gewitter überrascht, kam patschnass nach Hause – und fand's toll. Aber jetzt, wo alles so minutiös geplant und nachvollziehbar ist, gibt es eigentlich keine wirklichen Abenteuer mehr, außer man schaut eben nicht ins Internet.

Die Angebote sind ohnehin so riesig, dass man schon deshalb immer wieder an denselben Ort fährt. Klar könnte man Stunden im Internet surfen, sich über diverse Urlaubsportale durch den Wust an Angeboten kämpfen, und sich dabei über mancherlei Bewertung kringelig lachen. Meine Erfahrung – lassen sie es bleiben. Sie wissen nachher überhaupt nicht mehr wohin sie wollen. Und wenn sie meinen, sie haben ein Schnäppchen gefunden, werden sie vor Ort eines Besseren belehrt. Ah ja, das mit den Schnäppchen. All inklusive klebt noch Wochen an den Hüften. Das sind dann echte Erinnerungen an den Urlaub. Der Klimawandel kommt ja – zumindest merkt das mancher Landwirt in Deutschland. Aber ob es auf Dauer sonniger in deutschen Landen wird? Warm heißt ja meist auch feucht. Jeder kennt doch so einen Dauerregen in Italien. Der kann ganz schön nerven.

Bella Italia, der Traum eines jeden Teutonen. Herzlich, gewitzt und flink, besonders beim Autofahren. Immer ein Lied auf den Lippen und mit Charme das Geld aus der Tasche geholt – so ist der Italiener, wie wir ihn lieben. Gut, beim Autofahren kriegt man schon schweißnasse Hände. Recht hat der, der schneller ist, und das ist meist der Italiener. Besonders bei der Auffahrt auf eine Fähre, die mit schreiendem Avanti Avanti begleitet wird, steht man kurz vor dem Nervenzusammenbruch. Da in Italien kaum ein Auto ohne Delle fährt, ist es dem europäischen Nachbarn ohnehin suspekt ein absolut Dellen freies Auto zu sehen. Da muss es doch noch eine Möglichkeit geben, das zu ändern. Daher Ruhe bei der Einfahrt in eine italienische Fähre bewahren und zur Not den Schlüssel aushändigen, damit es schneller geht. Auch wenn ansonsten dolce Vita herrscht, beim Autofahren gilt das nicht.

Beim Knöllchen verteilen trifft es aber Jeden, ungeachtet der Nationalität. Da herrscht strikte Gleichberechtigung. Daher Achtung vor dem Carabinieri, der keine Gnade kennt.

Aber vielleicht werden ja doch irgendwann bei uns Wüstentouren angeboten. Da würde man sich viel Stress im

Ausland ersparen. Bis dahin zumindest will die Touris-musbranche uns Deutsche doch eher in unbekannte Gefilde locken. Da ist wesentlich mehr herauszuholen, aus unserem Geldbeutel. Deutschland bleibt den Japanern vorbehalten. Die reisen ja ohnehin gerne ins Old Germany oder waren das die Amerikaner? Ich glaube aber die denken, die Welt endet direkt bei ihnen vor der Haustür.

Apropos Japaner. Haben Sie schon mal gesehen, was die alles kaufen? Gehen sie einmal in einer dieser herrlichen Kitsch Läden im Schwarzwald mit Kuckucksuhren im Angebot. Ich würde einen Schreikrampf kriegen bei einem solchen Geschoss an der Wand. Nicht so der Japaner. Dabei wohnen die doch so beengt. Aber wenn ich denke, was so mancher Tourist aus fernen Landen nach Deutschland einschleppt. Da kann jeder Zollbeamter ein Liedlein trällern.

Zurück zum Reisen. Reist man eher alleine oder in der Gruppe? Das ist schon eine schwerwiegende Frage, die es zu beantworten gilt, bevor man sich auf eine Rundreise in der schnuckeligen Gemeinschaft begibt. So eine Busreise bietet Sicherheit und erzwungenes Zusammensein mit Menschen, denen man im privaten Leben nie begegnet. Da gibt es die Alleinstehenden, die in der Gemeinschaft reisen möchten, und sich meist gerade sie als Kummerkasten aussuchen, das ältere Ehepaar, das regelmäßig seine Leberwurststullen auspackt, deren Duft durch den gesamten Bus wabert, der Professor, der auf der Ablage mindestens 5 Abhandlungen zu den aufzusuchenden Ausgrabungsstätten liegen hat, der bzw. die Reisenden, die, weil schon ganz früh gebucht sich direkt hinter den Busfahrer klemmen und ihn mit Weisheiten zur Straßensicherheit belabern, die Raucher, die jeder Pause entgegen hecheln und anschließend nikotingeschwängert genau vor oder hinter ihnen Platz nehmen, diejenigen die bleich im hinteren Teil sitzen und überlegen, ob das denn jetzt die richtige Wahl war, aber natürlich auch viele anderen nette Mitfahrer.

In einem solchen Rudel sind sie besonders gefährlich – die Touristen. Wer hat nicht schon mal auf einer Autobahnraststätte die Invasion von Busreisenden erlebt. Nicht nur, dass in der Toilette dann kein Durchkommen mehr ist – auch die Selbstbedienungstheke ist für Stunden gesperrt.

Es gibt sie, die etwas teureren Kleingruppenreisen, oder die Reise in einer etwas größeren Gruppe. Was nimmt man denn jetzt? Früher hatte man gemeinsam eine Menge Spaß. Ich denke noch gerne an eine Busreise in meiner frühen Jugend Richtung Jugoslawien zurück.

Es regnete, es regnete, es regnete. Doch die Rentnertruppe mit mir als junges Küken ließ sich nicht beirren. Mein großer Traum war der Besuch der Plitvicer Seen und der Felsen, von dem mein Schwarm Winnetou einst ins Wasser hechtete. Die Rentner bangten mit mir, dass wenigstens dort die Sonne schien und was kann ich sagen: Sie schien! Mann, hatten wir einen Spaß miteinander!

Aber alleine? Was kann da alles so passieren in einem fremden Land. Ich habe schon beides ausprobiert. In letzter Zeit tendiere ich eher zur Individualreise. Heute nämlich ist eine Gruppenreise eher ein Haufen Individualisten, bei der Jeder für sich in Anspruch nimmt das Meiste herausholen zu müssen. Schließlich hat man viel Geld dafür bezahlt und nur weil man sich nicht traut die Reise alleine zu gestalten, muss das schließlich nicht heißen, dass man Rücksicht auf die restlichen Reisenden nimmt. Tagesreisen kann ich aber empfehlen. Bevor es zum großen Krach kommt, ist man schon wieder zu Hause und kann sich erholen, auch wenn man an den Autobahnraststätten von den Individualreisenden scheel angeguckt wird.

Jetzt komme ich nochmal auf die Frage von vorhin zu sprechen: "Kleingruppe oder größere Truppenstärke?" Großgruppen bieten den Vorteil, dass sich auch bei längerem Suchen doch der eine oder andere findet, mit dem oder mit der man den Rest der Reise auch noch vernünftige Gespräche führen kann. Vernünftig heißt, nicht nur philosophische Gespräche über die gerade zu betrachtende archäologisch interessante Ausgrabungsstätte, nicht nur Gespräche über die bereits bereisten Länder oder das beste Kuchenrezept, während man sinnend in den Sonnenuntergang schaut. Nein, sie wissen schon. Auch mal so ganz normale Gespräche. Ein Nachteil bei Gruppenreisen ist die Sitzordnung im Bus oder aber beim Essen im Hotel. Da landet man nicht unbedingt neben dem, den man sympathisch findet. Da ist schon Ideenreichtum gefragt, wie zum Beispiel: „Mit ist so schlecht, kann ich weiter vorne sitzen so in Reihe 7? Hier vorne ist es so heiß. Ich würde gerne weiter nach hinten rücken, so in Reihe 12. Ich habe es so im Kreuz. Direkt über dem Radkasten geht mir wahnsinnig in meine Bandscheibe. Könnte ich mal für ein Momentchen in Reihe 6 usw."

Das Problem hat man bei Kleingruppen nicht, das mit dem Platz. Obwohl, auch dort gibt es so nette Mitreisende, die immer vorne sitzen wollen, weil sie sonst K... müssen - sie wissen schon. Ich frage mich allerdings immer, warum die überhaupt eine Busreise buchen. Ob die noch nie was von Reisetabletten gehört haben?

Ich bin auch mal ganz exotisch gereist. In einen Bus mit einem Anhänger, der als Schlafwagen diente. Camping ist dagegen ein Kinderspiel, das kann ich ihnen sagen. Vierzig Personen auf engstem Raum. Im Schlafwagen durch eine dünne Wand vom Nachbarn geschützt ist das

Schnarchkonzert ein wahrer Bolero von Ravel. Der Tag beginnt mit Suchen, für Kinder ein wahres Abenteuer, für Erwachsene ein Tal der Tränen. Gut, man sieht eine Menge, und das Elend schweißt zusammen, aber zu einem Dauergast bin ich nicht geworden. Eine der Reisen führte in den fernen Orient.

Ich kann mich noch gut an eine Begebenheit im fernen arabischen Land erinnern. Grenzstation Jordanien – Syrien. Alle Koffer raus, gemeinsames Aufreihen und abzählen, einladen der Koffer und hinein ins Vergnügen. Damaskus, eine Stadt aus tausend und einer Nacht – heute leider nicht mehr, weil so ein Wahnsinniger alles nieder bomben lässt. Als erstes Omajadenmoschee. Frauen alle in schwarze Gewänder und Schuhe ausziehen. Das nennt man gleiches Recht für alle Frauen. Ich war bestrebt mich an die Fersen meiner Vorderfrau zu heften und nicht in jeden Taubenschiss auf den Vorhof zu treten. Trotzdem möchte ich es nicht missen, dieses Erlebnis und das zu einer Zeit, in der es noch keine Digitalfotos gab. Hier musste man alle Sinne bemühen, um das Erfahrene aufzunehmen und zu bewahren. Danach in den großen Basar. Da man so seine Bedürfnisse hat, ging es in eine öffentliche WC-Anlage, auf die man als Tourist ja öfters zurückgreifen muss. Oha, kann ich nur sagen, Hosenbeine hochkrempeln, Tasche zwischen den Zähnen und durch. Zurück nach Jordanien und nach Petra, einer Stadt in der Wüste. Der Bus wurde an einer Campingplattform geparkt mit doch recht ansehnlichen öffentlichen Waschanlagen. Die waren auch mehr als notwendig, denn just in diesem Moment ereilte die Busgemeinschaft die Rache Montezumas. Und was soll ich sagen. Einzig eine 80-jährige Mitreisende schaffte es gesund zu bleiben. Das Mittel hieß: Schnaps!

Bleiche Gesellen wankten durch die fantastischen Ruinen und hofften, dass der Darm mal eine Pause einlegt. So-was schweißt gewaltig zusammen, wenn man die Kohle-tabletten Vorräte gemeinschaftlich teilt oder bewährte Tee-rezepte das Leiden lindern. Das Frühstück auf Camping-stühlen neben dem Bus bestand aus Litern von Schwarz-tee und leicht, durch die Kühle der Nacht, gebogenen Weißbrotstangen.

Mit dem Komfort ist es überhaupt so eine Sache. Einer-seits möchte man authentisch Reisen, aber bitteschön mit dem Komfort von zu Hause. Das führt dann zu so was wie Luxuscamps in der Wüste, die keine Sau braucht.

Trotzdem – der Orient ist ein tolles Reiseland. Überall kleine Häppchen und lachende Menschen zumindest bis diese Irrsinnigen dafür gesorgt haben, dass man jetzt nicht mehr hinfährt. Ich erinnere mit noch gut an die Rundreisen in der Türkei, der Wiege der Menschheit. Welche Kunstschätze, welche Landschaften, wie liebenswert die Menschen. Reisen ist inzwischen eben nicht mehr ein reines Vergnügen oder der Bildung dienend, sondern Adventure. Allerdings Adventure, das keiner braucht. Was bleibt da übrig, als nach Spanien, Frankreich und Italien auszuweichen, auch wenn dort die Preise steigen und steigen. Aber schließlich, wer in den Urlaub will muss Opfer bringen.

Dann gibt es ja noch die Bildungsreisen. Wobei das mit der Bildung so eine Sache ist. Ich kenne Reisende, die sind gebildeter als der Reiseleiter. Das führt dann regelmäßig zu Diskussionen, wie alt denn nun der Stein, den man da betrachtet, tatsächlich ist. Dabei ist es für den Ottonormalverbraucher nur ein Stein. Aber Kunstbanausen haben auf diesen Reisen sowieso nichts zu suchen. Das sind die Professoren unter sich. Während die anderen kaum noch stehen können, werden Abhandlungen und neueste Theorien erörtert. Daher sollten sie also entsprechend gebildet sein, bevor sie eine Bildungsreise buchen. Am besten sie belegen vor der Buchung noch schnell ein Semester in Kunstgeschichte oder besuchen einen Volkshochschulkurs.

Wobei wir jetzt bei den Gesundheitsreisen angelangt sind. Wer gesund ist, braucht die ja nicht. Daher finden sich dort meist Menschen zusammen, die es lieben sich über ihre Wehwehchen auszutauschen. Wem das gefällt, wer Gleichgesinnte sucht, der sei dort gut aufgehoben. Solche, die sich genau davon erholen wollen, sollten sowas doch eher meiden. Tau Treten am frühen Morgen ist ja schließlich nicht für Jedermann. So Wellness-Angebote gehen zudem oftmals mehr ins Geld, als eine Reise nach Las Vegas.

Las Vegas, ein großer Kinderspielplatz. Mitten in der Wüste reiht sich ein Spielcasino an das nächste. Das Spielerparadies begrüßt mit blinkenden Fassaden. Man taucht ab in eine Welt der Fantasie und des schnöden Mammons. Überhaupt ist Amerikas Westen ein Land der Hyperdimensionen. Es gibt nichts, was es nicht gibt. Der Amerikaner ein großes Kind schlechthin findet alles groß und fantastisch.

Was die Nahrung betrifft, ist der Brotsorten verwöhnte Deutsche allerdings aufgeschmissen. Außer weich und käsig fluffig findet man kaum etwas, was man als Brot bezeichnen kann. Ich kann mich noch gut erinnern, wie wir voller Ehrfurcht in einem der Tag und Nacht geöffneten Supermärkte ein kleines, einsam liegendes Vollkornpäckchen erblickten. Das Gefühl war das eines Menschen, der eine Fata Morgana sieht. Das Brot wurde sacht portioniert, um für den Rest der Reise davon zu zehren.

Es hat auch tatsächlich so lange nicht geschimmelt. Wer weiß, was tatsächlich drin war. Ansonsten gilt im Wilden Westen zumindest das Monopol von McDonald und Pizza Hut. Pommes habe ich noch Monate später nicht riechen können.

Landschaftlich ist der Westen ein Knüller, wenn man nicht befürchten müsste, dass aus irgendeinem Wagen jemand mit einer Knarre springt und wild um sich ballert. Wobei ich nun bei den Gefahren, denen ein Tourist täglich ausgesetzt ist, angelangt bin. Die Rache Montezumas ist da noch das Geringste, was einen so in fernen Ländern treffen kann.

Wenn man umhüllt, wie eine Mumie vor einem afrikanischen Wasserloch sitzt, die Moskitos um einen herumschwirren, und man keinen Piep von sich geben darf, um das heran walzende Rhinozeros nicht zu stören, ist das schon eine Herausforderung. Oder, wenn man sich am Roten Meer vor stechenden Insekten, so groß wie Stubenfliegen, tief verhüllt zu Bett legen muss, trübt dass das Urlaubsvergnügen schon gewaltig. Fetzige Blasen beim Wandern in irgendwelchen Gebirgszügen oder gar völlige Unkenntnis des Terrains können zur Panik führen. Basare, in die man sich nur mit mindestens vier Bodyguards wagen kann, verhindern das Einkaufsvergnügen, schonen jedoch den Geldbeutel. Autofahrten durch steppenartige Landschaften ohne Anzeichen von menschlichen Behausungen und sinkender Benzin-Tacho Nadel, sind zu vermeiden. Schluchten, die bei Regen irgendwo weit entfernt zu reißenden Bächen werden müssen nicht unbedingt besucht werden, auch wenn man noch so schöne Fotomotive schießen kann.

Wie viel Fotos liegen denn bei ihnen so in den Schubladen? Wissen sie überhaupt noch was das für eine Ruine war, die sie vor einigen Jahren abgelichtet haben? Das mit den Fotos ist ja ohnehin so eine Sache in Zeiten der Digitalisierung. Es wird auf alles drauf gehalten was sich bewegt. Distanzlos und ohne Hemmungen wird geknipst, was das Zeug hält. In Aquarien vorzugsweise mit Blitzlicht, auch wenn der Fisch anschließend erblindet. Menschen in Elendsvierteln oder Trachtenträger, Ureinwohner oder Tiere in allen Größen und Arten, Blumen, die danach zertreten am Boden liegen – egal. Der Schutz der Privatsphäre ist doch nur in Deutschland wichtig. Außerdem kann man später wieder alles löschen.

Mal ehrlich – tun sie`s oder mussten sie sich schon eine externe Festplatte anschaffen? Der Ablichtwahn führt dazu, dass man hinterher gar nicht mehr sagen kann, wo man war. Klar kann man zu einem DIA-Abend einladen. Bevor die Freunde jedoch vom Stuhl kippen, sollte man die hundertste Ansicht des Ferienhäuschens doch nochmal überdenken. Und filmen? Nicht jeder von uns ist ein Filmemacher vom Kaliber Steven Spielbergs. Wenn der Strand zur Bühne wird und das letzte Sandkörnchen gezeigt wurde, ist schon manch Besucher ermüdet zu Boden gesunken.

Mal ganz im Ernst, wozu reisen wir wirklich? Natürlich um aus dem alltäglichen Trott herauszukommen. Aber bürden wir uns nicht manchmal zuviel auf? Muss es eine Reise ans andere Ende der Welt sein, von der man zwar mit 500 Digitalbilder zurückkehrt, dessen Land man jedoch in den zur Verfügung stehenden 10 Tagen wenig kennengelernt hat. Zudem stellt man am Ende fest, dass es solche Strände auch eine Flugstunde entfernt von uns gibt? Wenn wir doch solche Weltbürger sind, warum sind wir dann Menschen anderer Nationen gegenüber so distanziert? Wenn reisen eins bewirkt ist es leider, das wir uns wie moderne Kolonialisten benehmen.

Ich kann mich noch gut erinnern, als ich von einer Orientreise wieder zurückkam, das Licht anknipste, den Wasserhahn aufdrehte und dachte: "Welchen Luxus hast du hier und wie wenig haben Menschen in fernen Ländern."
Das Reisen in ferne Länder alleine bringt uns also den Menschen dort nicht näher. Wir leben dort in künstlichen Oasen und geben den Menschen vor Ort wenige Chancen davon zu profitieren. Warum buchen wir All Inklusive?

Weil wir zu ängstlich sind die Menschen vor Ort kennenzu-
lernen, ihre Essgewohnheiten zu erkunden und vielleicht
unser Geld auch ihnen zugutekommen zu lassen. Oder
nur weil es so schön bequem und billig ist?

Aber wie reise ich denn nun richtig? Gibt es überhaupt so
etwas wie richtiges Reisen? Wenn das Ziel Erholung ist
und nicht Erkundung eines Landes und seiner Leute, stellt
sich ernsthaft die Frage, warum sich 10 Stunden in ein
Flugzeug setzen oder mit einer Dreckschleuder das Meer
befahren?

Reisen wird daher mit Luxus verbunden. Man kann erzählen, wo man in diesem Jahr wieder seinen Fußabtritt an
einem Flughafen hinterlassen hat, oder an welchem
Strand im fernen Ausland man sein Handtuch ausgebreitet
hat. Aber mal ehrlich – was haben sie von diesen Ländern
und den Menschen dort mitgenommen?

Schön, jetzt höre ich. Wenn das Wetter in Deutschland
gescheit wäre, würde ich ja hier bleiben. Okay, im Ausland
mag`s stabiler sein, was das Wetter betrifft. Dafür lauern
aber auch Gefahren zu Hauff. Zum Beispiel die eines
Sonnenstichs, eines verdorbenen Magens, einer Begeg-

nung mit Quallen und anderem Getier oder eines Unfalls auf dem Weg ins Urlaubsparadies. Also, wenn es nur darum geht in einem Strandkorb zu liegen und dolce Vita zu pflegen, versuchen sie es mal an einer der vielen Seen in Deutschland oder an Ost- und Nordsee. Auch Inseln hat das Land zu bieten, die sogar autofrei sind. Keine Angst, auch dort sind die Preise denen im Ausland durchaus angemessen, sodass ihr Geldbeutel auch hier zu seinem Recht kommt. Und ob sie in der Hochsaison eine mürrische Bedienung am Bodensee oder in irgendeinem Ausland erdulden müssen, ist doch eigentlich egal.

Übrigens können sie mit einem der vielen Touristen aus dem Ausland in Kontakt kommen und so zumindest Leute aus fernen Ländern kennenlernen. Und dann merken sie, wie schön ihre Heimat ist, und warum es Menschen ausgerechnet hierhin ins nasse Deutschland zieht. Da beginnt man sein Land direkt wieder zu schätzen.

Wir haben zwar nicht mehr viele wilde Tiere und können weder mit Bären, noch wilden Elefanten punkten, außer im Zoo bei nicht unbedingt artgerechter Haltung. Sind wir mal ehrlich, wer will schon einen Bären oder einen Wolf direkt vor seiner Haustür – eben. Aber oftmals sind es die kleinen Wesen oder die Blumen am Wegesrand, die einen faszinieren können. Sind Sie einmal im Herbst durch einer der vielen Mischwälder gewandert? Haben Sie einen der immer seltener werdenden Rotmilane in ihrem Flug beobachtet? Schon mal einen Igel oder Dachs gesichtet? Wir können es uns leisten in ferne Länder zu reisen. Solange jedoch billig das Zauberwort ist, ist der Tourismus das, was er ist – eine Geldmaschine auf Kosten eben dieser Länder. Billig ist eben billig und verliert an Wert. Es wird benutzt und anschließend weggeschmissen.

Was haben sie aus ihrer letzten Reise mitgenommen außer der Aussage: „Es war schön. Das Essen war gut, das Wetter auch, aber teuer war es. Ja, ich habe mich erholt." Von was? Vom Leben? Können sie sich noch an ihre letzte Urlaubsreise erinnern – mal ehrlich? Müssen sie dazu erst einmal in ihren Bildern wühlen oder fällt ihnen auf Anhieb ein schönes Erlebnis ein?

In früheren Zeiten reiste man ja wesentlich unbequemer und dafür erheblich länger. Die ersten Reisen waren meist Eroberungsreisen. Da zog man mit Schwert und Pferd aus andere Länder zu bezwingen, um die Menschen dort mit vermeintlichem Fortschritt zu beglücken. Robinson

Cruseau wurde hier schon eines Besseren belehrt. Auch Ureinwohner haben Grips. Und mancher Weltreisende der alten Zeit erlag in jungen Jahren den Gefahren des Reisens, wie der junge Alexander der Malaria. Heute gibt es zum Glück die Malariaprophylaxe.

Auch die Römer mussten sich auf ihren Reisen mit dem Wetter in Germanien herumschlagen und bekamen sicherlich oft nasse Füße in ihren dünnen Sandalen. Da half dann wenig ein Kettenhemd. Ich möchte nicht wissen, wie viele der Herren an Blasenentzündung litten. Merke: Der Koffer muss richtig gepackt werden, denn vor Ort gibt es eventuell auch nichts Gescheites zum Anziehen.

Später saßen die frühen Kolonialherren auf ihren Veranden, schauten auf ein Wasserloch und ließen sich von Dienern Tee servieren. Irgendwie erinnert mich das an was – aber an was? Gut, wir sind heute etwas zivilisierter. Wir geben Trinkgeld, wobei das mit dem Trinkgeld ja so eine Sache ist. Wissen sie immer genau, was sie auf dem Tellerchen zurücklassen sollen? 10 %, 20 %, aufrunden ..... Mir persönlich ist das im Ausland angenehmer, als in Deutschland. Da lässt man das, was man denkt auf dem Teller zurück. In Deutschland wird man vom Kellner schon kritisch angeschaut, wenn der Preis genannt wird und man sich flugs entscheiden muss, wie viel man ihm aufrundet.

Wie gesagt, das Problem hatten die frühen Reisenden nicht. Sie hatten ja auch wesentlich mehr Zeit und der Inhalt der Geldbörse war meist eh sehr spärlich. Zur Not wurde die Weiterreise mit Überfällen auf die Bevölkerung finanziert. So Überfälle kennt man auch heute, wenn einer dieser Mega Schiffe ihre Passagiere auswirft und binnen Minuten das besuchte Ferienparadies unter dem Menschenandrang kollabiert. Manchmal wird auch etwas Geld dagelassen – obwohl zurück auf dem Schiff gibt es all inklusiv und man hat bestimmt noch ein gekochtes Ei vom Buffet im Täschchen. Zurück bleiben zertrampelte Ruinenfelder und erschöpfte Einheimische – ein Überfall moderner Art.

Beliebt waren früher auch Pilgerreisen, allerdings mit dem Anspruch die dortige Bevölkerung mit Schwert und Kreuz zu bekehren. Heute nennt man das Bibelreisen nur mit dem Unterschied, dass die Wirkungsstätten vergangener Propheten abgearbeitet werden, ohne auf die Missstände der heutigen Bevölkerung ein Auge zu werfen.

Auch Reisen mit der Postkutsche waren sicherlich im Gegensatz zu heutigen Möglichkeiten kräftezehrend und langwierig. Heute geht ja alles viel schneller. Eh man sich versieht, ist man im gewünschten Land. Gerade noch am Frühstückstisch in der Heimat und schon packt man die Koffer im fernen Land aus. Der Mensch hat gar keine Möglichkeit mehr sich behutsam der neuen Umgebung anzunähern. Und kaum ist man da, ist man schon wieder weg. Gut, nicht jeder hat so viel Zeit wie Alexander der Große, aber in 20 Tagen um die Welt zu reisen? Da sind bleibende Eindrücke eigentlich nicht möglich. Überhaupt wird viel zu viel in solche Rundreisen gepackt. Ja, man möchte was für sein Geld sehen, aber weniger ist sicherlich manchmal mehr.

Zum Glück gibt es die Standortreisen. Da kann man sich überlegen, ob man in den fünf Tagen die fünf Ausflüge alle mitmacht, oder nicht lieber einmal vor Ort zu Fuß die Gegend erkunden möchte. Aber was hat man dann verpasst? Soll man sich das Ausflugspaket wirklich entgehen lassen? Schließlich hat man das teuer bezahlt. Und, wenn die vom Tagesausflug zurückkehrenden Mitreisenden bleich und erschöpft von den herrlichen Aussichten und den verpassten Gelegenheiten schwärmen grollt man doch innerlich ein wenig. Früher entschieden die Menschen frei, wann sie wohin reisen wollten oder eben erobern wollten. Heute winkt die Touristenbranche mit sogenannten Frühbucherrabatten. Sie sparen 5 %, wenn sie bis 31. Januar buchen – auch wenn sie bis dahin tot sind. Wozu gibt es eine Rücktrittversicherung. Tja, da hatten es die frühen Menschen doch gut. Sie brauchten sich nicht mit Rabattschlachten herumzuschlagen und zu überlegen, wie viel Gulden sie sparen, wenn sie sich heute noch entscheiden würden auf die Pilgerreise nach Jerusalem zu gehen. Ausschlaggebend war ganz einfach der Wille und nicht der Geldbeutel.

Der frühe Reisende zog ins Unbekannte – wir nicht, denken wir. Schließlich gibt es toll bebilderte Kataloge, die

Bewertungen der Hotelanlage und der Speisen, und die märchenhaften Erzählungen von Leuten, die schon mal da waren. Denkste! Papier ist geduldig und Geschmack unterschiedlich. Merke: Verlasse dich nie auf die farbenfrohen Erzählungen von bereits vor Ort gewesenen Leuten. Auch die Reisenden vergangener Zeit sind manchmal den blumenreichen Schilderungen von glücklichen Rückkehrern auf den Leim gegangen. Man denke nur an Richard Löwenherz.

Es gibt aber auch solche Reisen, die waren, und sind auch jetzt nicht so erwünscht. Das sind Langzeitaufenthalte. Damit sind nicht die Winteraufenthalte von Rentnern in warmen europäischen Gefilden gemeint. Es handelt sich hier um Reisende, die sich auf den Weg in eine bessere Zukunft für sich und ihre Kinder machen. Wenn man an die Auswanderungswellen vor hundert Jahren denkt und die Auswirkungen auf die dortige Bevölkerung, kommt man doch leicht ins Grübeln. Natürlich sind heutige Auswanderungen, insbesondere von Deutschen für die dortigen Länder ein Gewinn – meinen wir. Aber dass Menschen aus diesen Ländern zu uns reisen wollen und auch noch auf Dauer hier bleiben möchten – das ist jetzt eigentlich nicht so gern gesehen.

Die können doch unser Essen gar nicht vertragen und das Klima erst recht nicht. Und auch wenn es ganze deutsche Enklaven von Auswanderern im Ausland gibt, die weiter vehement ihre Nationalität verteidigen, die Sprache des Landes nicht lernen, eigene Ärzte und Institutionen haben, sich also in keiner Weise anpassen, so wird das von Menschen, die nach Deutschland auswandern vehement gefordert. Dabei wissen wir selbst gar nicht, wie viel Langzeitreisende in unserer Ahnenlinie enthalten sind.

Gut, ich gebe zu, das hat jetzt nicht unbedingt was mit Reisen zu tun, aber im entfernten Sinne doch – meine ich. Und doch, wie sich manche mit Sangria befüllten Mallorca Urlauber im Ausland daneben benehmen – und das wissen, so hat auch mancher Langzeitauswanderer aus fernen Landen so seine Eigenheiten – und weiß oft nicht, wie die bei uns ankommen. Grölen, schlagen und morden ist in keinem Land erlaubt.

Zurück zum Reisen in vergangenen Zeiten. Früher machten sich die Menschen auf die Socken, um neue Weidegründe zu finden oder neue Nahrungsquellen aufzutun. Auf ihrem Weg hinterließen diese Menschen farbenfrohe Malereien und manchmal auch eine wüste Landschaft.

Wenn man mal von den heutigen Kritzeleien an Agaven, Bäumen oder Bänken absieht, die lange nicht so kreativ wie die unserer Vorfahren sind, so hinterlässt auch manche Touristenhorde wüste Landschaften, wenn der Sommer vorbei und der Strand wieder den Einheimischen vorbehalten ist. Da unterscheiden wir uns offensichtlich nicht von unseren Vorfahren. Die Strände voller Kippen, die Büsche mit Abfall gekrönt, das Süßwasser bis zum letzten Tropfen genutzt und vermutlich riesige Müllberge. Nur das wir mehr Hirn als unsere Vorfahren haben müssten, zumal wir vielleicht im Folgejahr wieder an denselben Strandabschnitt zurückkommen wie die Schildkröten zur Eiablage.

Wobei wir jetzt bei dem allseits beliebten Mitbringsel angelangt sind. Früher kamen die Wikinger von ihren Reisen mit ganzen Schiffsladungen voll davon zurück. Und der heutige Reisende? Darf es ein Säckchen Sand vom Strand mit ein bisschen Hunde Pippi sein oder ein paar Kieselsteine? Oder doch lieber die kitschige Blumenvase oder gar ein Schmuckstück, bei dem einem zu Hause das kalte Grausen packt , weil es auf einmal furchtbar hässlich aussieht oder im verregneten Deutschland so gar nicht zur Geltung kommt. Schlimmer sind aber solche Mitbringsel, die die Natur vor Ort schädigen und nachhaltig dafür sorgen, das Tier- und Pflanzenwelt ausgerottet wird. Früher brachten die Römer gnadenlos alles von ihren Reisen mit, was ihnen vor die Lanze kam, um es in irgendeiner Arena zur Schau zu stellen oder gar auf Menschen zu jagen. Gut, das machen wir jetzt nicht mehr, aber mal ehrlich. Muss es unbedingt eine Koralle sein oder das Schildpatt aus einem Schildkrötenpanzer einer Schildkröte, die dafür ihr Leben lassen musste, damit es zu Hause im Schrank zu staubt? Reisen sollte bilden, wie am Anfang geschrieben. Oftmals stelle ich jedoch fest, dass Reisende eher verblödet sind. Manch Zollbeamter wird mir da wahrscheinlich zustimmen. Also, bevor was eingepackt wird überlegen sie sich, wer darunter leiden musste. Wenn es nur sie bei ihrer Rückkehr sind – gut. Wenn nicht, sollten sie noch einmal in sich gehen, ob sie durch ihren Kauf nicht das Land und seine Bewohner schädigen, von dem sie bei der Rückkehr gerade so geschwärmt haben.

An anderer Stelle im Buch erwähnte ich die Gefahren, denen ein Reisender sich freiwillig aussetzt. Den frühen Reisenden ging es da nicht anders. Sie sprangen wohlgemut ins Abenteuer und kamen mehr oder weniger lädiert wieder zurück. Wer hat nicht schon einen heiß ersehnten Familienurlaub erlebt, der mit dem Besuch beim Notarzt endete oder ein Urlaub, der in Freundschaft begann und

im Krieg beendet wurde. Daher sollte auch der Individual-
tourist prüfen, mit wem er sich auf die Reise begibt. Nicht
jeder beste Freund oder jede beste Freundin im normalen
Leben, ist dazu geeignet, gemeinsame Urlaubsfreuden zu
genießen. Und Kinder fühlen sich meist zu Hause in ihrem
Kinderzimmer mit ihren Freunden wohler, als irgendwo in
Costa Rica nach einem kräftezehrenden Flug und unge-
wohntem Essen. Ich verstehe manche Eltern nicht, die
ihre gerade frisch geschlüpfte Jungschar auf solche Ge-
walttouren mitnehmen und sich nachher wundern, dass
das Kind so gar nicht davon begeistert ist und die Mitreisenden vermutlich auch nicht.

Wenn man jedoch jemanden gefunden hat, der mit einem
gemeinsam einen Urlaub wagt, gilt es einiges zu beachten. Gemeinsame Interessen wären zumindest von Vorteil.
Jemand der eine Pilgerreise in frühen Zeiten unternahm
war unter Gleichgesinnten, die ebenfalls darauf erpicht
waren mit Schwert und Feuer die angeblich „wahre Religi-
on" dort hinzubringen, wo sie nicht hingehörte. Auch das
Thema Komfort ist ein nicht unwesentlicher Faktor. Wenn
der Gegenüber das Ursprüngliche mit allen sich daraus
ergebenden Nachteilen vorzieht, man selber jedoch gerne
ein eigenes Bad und eine tägliche Dusche benötigt, ist es

nicht angeraten sich zusammenzutun. In frühen Zeiten war das Thema Komfort eher nebensächlich. Heute kann man vom Zelten in freier Natur bis zum Luxusressort auswählen, wobei das Zelten in freier Natur meist kostspieliger, weil hipper, als ein popeliges Luxusressort ist. Dann muss man sich aber unter Umständen auch mit einer kalten Dusche und Kakerlakenbesuch abfinden. Gesprächsstoff gibt es danach dafür aber in rauen Mengen.

Aber die frühen Reisenden waren schließlich auch Entdecker und Abenteurer und mit einem richtigen Adventure-Urlaub kann man bei Freunden mehr punkten, als mit einem langweiligen Urlaub am Strand, obwohl der vom Erholungsfaktor her sicherlich empfehlenswerter wäre. Dass Adventure aber auch schiefgehen können, hört man jedoch immer wieder. Merke also: „Mache ein Testament, bevor du dich in die Hände von selbsternannten Führern begibst." Auch manche geführte Wanderung kann zu einer Gewalttour werden, wenn man die Anzahl der Schuhe im Katalog unterschätzt hat. Sie wissen schon, dass die was bedeuten und nicht nur reine Zier sind. Wenn sie also nicht hinter der Gruppe herhecheln wollen oder vor Abgründen mit weichen Knien stehen möchten, sollten sie diese Hinweise dringend beachten und zwar vor der Buchung solcher Reisen. In der Regel nimmt nämlich niemand der Mitreisenden auf schwächere Teilnehmer Rücksicht. Das war auch in vergangenen Zeiten nicht anders bei denen solche Personen dann am Straßenrand abgelegt worden sind und sich alleine wieder auf den Weg zurück machen mussten.

Auch Städtetouren haben es in sich. Da ist wiederum die Anzahl der gemalten Liegen in einem Eckchen des Kataloges zu beachten. Ist nur eine Liege im Katalog aufgezeichnet, handelt es sich nicht gerade um eine Erholungsreise nach Rom, sondern um eine knallharte Studienreise. Und genau, wie bei der vorher genannten Wanderreise, sind die Mitreisenden erbarmungslose Kulturfreaks, die nicht so sehr das leichte Leben in Roms Hinterhöfen begeistert, sondern die alten vergangenen Zeiten, in denen Rom Weltmacht, und die Römer mit Sandalen durchs Land irrten, oder Irgendjemand im Mittelalter seine Bau- bzw. Kreativphase ausgelebt hat.

Bevor sie sich also in einer Gruppe oder mit einem Kumpel auf den Weg machen, sollte zuvor geklärt werden, wie viel Anteil an Gemeinsamkeit und Einsamkeit die Reise enthält. Wenn der Mitreisende sehr mitteilungsbedürftig ist oder aber sein Gesicht nur zeigt, wenn er etwas in den Mund stopft, weil er dazwischen nur auf sein Handy glotzt und tippt, ist abzuwägen, was davon akzeptiert werden kann und was nicht. WLAN im Ausland ist nämlich sozusagen Pflicht. Das war früher natürlich anders. Da gab es den Kompass und sonst nix. Auf den hat man geschaut, wenn man nicht mehr wusste, wo man war und ansonsten sich über das Erlebte an Lagerfeuern ausgetauscht.

Beim Reisen ist die Wahl der Jahreszeit durchaus ein wichtiger Aspekt, den es zu beachten gilt. Reise ich im Frühjahr nach Skandinavien, um mit den dortigen blutsaugenden Insekten Bekanntschaft zu machen? Reise ich in der Sommerzeit, in der der Kampf um ein Stückchen Badetuch und Strand das Selbstbewusstsein fördert? Mache ich mich im Herbst auf den Weg und nutze die etwas kürzeren und kühleren Tage für viele Nachtwanderungen in die umliegenden Bars oder fliege ich im Winter in heißere Gefilde um anschließend in Deutschland von einer Grippe danieder gestreckt zu werden? Zu beachten wäre dabei, dass die Kilogramm, die man im Flieger mitnehmen darf sommers wie winters die gleichen sind. Also lieber 30 T-Shirts für einen Sommerurlaub oder doch eher zwei dicke Pullover und die Zahlung einer Übergepäckrechnung im Winterurlaub. Da sind schon Entscheidungen zu treffen, die es abzuwägen gilt.

Die Menschen früher hatten das Problem vermutlich nicht. Sie gingen los, wenn das letzte Eis geschmolzen war und blieben meist irgendwo im Dreck stecken, wenn sie sich mit der Reisedauer verschätzt hatten. Außerdem trug ein Pferd, Esel oder Leibeigener das notwendige Gepäck. Diesen Luxus kann sich der moderne Reisende nicht wirklich leisten, denn er muss fit und erholt wieder pünktlich am Arbeitsplatz erscheinen.

Klar gibt es überall klimatisierte Räume und Fahrzeuge, was die frühen Reisenden sicherlich nicht hatten. Die haben aber auch den Nachteil, dass man ständig im Durchzug sitzt und mit Augen, wie nach einer durchzechten Nacht umherläuft. Also doch eher Frühjahr? Gut, es blüht zu dieser Jahreszeit überall. Wenn sie ein Allergiker sind, ist der Herbst doch eher zu bevorzugen. Der Winter ist für solche Menschen gedacht, die es lieben mit allerlei Sportgerät durch die Gegend zu rutschen und sich danach am Glühwein festzuhalten, es sei denn, sie buchen eine Fernreise in die Wärme.

Das Fliegen ist jedoch in letzter Zeit ein noch größeres Abenteuer, als eine Safari in Afrika. Fliegt er oder fliegt er nicht? Das ist so, wie das Zupfen an Margeritenblüten und die Erkenntnis: "Er liebt mich nicht." Tja, der Tourist zahlt viel und die, die ihn befördern und bedienen verdienen wenig. Ein Ungleichgewicht, das sich auf Dauer rächt.

Vielleicht hat das ja was Gutes. Zumindest am Himmel wird nicht mehr so viel CO_2 in die Luft gepustet.

Aber es gibt doch noch andere Fortbewegungsmittel. Kraftfahrzeuge mit höherer PS Zahl sind ebenso einsetzbar, um dem Ziel möglichst schnell nahezukommen. Angesichts der Fahrzeugdichte, insbesondere in der Hauptreisezeit, steht man jeweils vor der Frage: „Nachts fahren oder tagsüber?" Für eine Nachtfahrt spricht insbesondere bei Familien, dass die Kinder nicht jede halbe Stunde Pippi machen müssen und in gefühlten Zehnminutenabständen nach der Ankunftszeit fragen, sondern meist in seliger Ruhe auf dem Rücksitz schlafen. Allerdings ist das Nachtfahren nicht jedermanns Sache. Insbesondere die Zeit zwischen 2.00 Uhr und 3.00 Uhr ist nicht ganz ohne. Brillenträger sind zudem doppelt gebeutelt, besonders dann, wenn es regnet. Doch genau deshalb ist die Bahn meistens frei, bis auf die Lastwagen, die in Karawanen dahinwandern. Tagsüber teilt man das Elend von Stau zu Stau zu fahren mit vielen, vielen anderen Urlaubshungrigen.

Bus hatten wir ja schon. Auch dort ist eine Nachtfahrt möglich, aber wegen schnarchender Nachbarn sehr anstrengend, und die Landschaft, die vielleicht interessant wäre, fliegt im Dunkeln an der Fensterscheibe vorbei. Also alles eine Abwägung: Schneller zum Ziel oder mit Genuss in den Stau, aber dafür jeden Kilometer erkämpfend und verdient.

Wenn der kundige Reisende es dann schließlich geschafft hat, beginnt der nächste Kampf, nämlich der um ein anständiges Zimmer. Auch da waren die Reisen der vergangenen Zeiten entspannter. Man kaperte gemeinsam eine Burg oder überfiel ein Dorf und nistete sich dort ein, wo es schön war. Heute heißt es: Terrasse oder Balkon, Meerblick, Seitenblick, Pool Blick? Das ist alles eine Frage der Kampf- oder Durchsetzungskraft und Planung. Meist werden Frauen dabei unterschätzt. Ein Rat, wenn das Zimmer nicht passt, sofort wieder an die Rezeption. Einmal alles ausgepackt und sie haben nicht mehr die Kraft eines internen Umzuges. Daher, bevor sie die Koffer auspacken kurzer Check des Bads, der Lichter, des Balkons und der Lage des Zimmers. Ich habe schon Zimmer angeboten bekommen die jeglicher Beschreibung spotten. Direkt am Aufzug oder an der Abzugshaube der Küche, unmittelbar vor dem Animationsbereich, so ebenerdig, dass die kleinen Bewohner des Hotels ein Spielzimmer vermuteten und daher täglich im Zimmer standen u.v.m. Der kundige

Reisende plant bereits vor Bezug der Zimmer, indem er bei der Buchung schon wichtige Themen wie Lage des Zimmers angibt. Lassen Sie sich also nicht überraschen – bauen sie vor!

Gleiches gilt im Übrigen bei der Sitzplatzwahl im Flugzeug. Die meisten diese fliegenden Transportmittel verfügen über drei Sitze rechts, drei Sitze links und vier Sitze in der Mitte. Wenn sie nicht zwischen zwei gewichtigen Menschen zerquetscht werden wollen, wählen sie den Gangplatz, denn dann haben sie zumindest eine Ausweichmöglichkeit. Das ist aber das Einzige, was sie zu ihrem eigenen Komfort beitragen können. Alles andere hängt vom Sitznachbarn oder Vordermann und Hintermann ab. Wenn der Vordermann gleich nachdem das Flugzeug abgehoben hat, die Lehne nach hinten klappt und sie Gefahr laufen einen Knieschaden zu erleiden, weisen sie darauf hin, dass ein Sitzen in senkrechter Position ihren Knien, den ohnehin spärlichen Freiraum belassen würden. Ansonsten schwenken sie die Beine nach außen und sorgen für eine Stolperfalle im Gang, wenn nach Abräumen der Getränke das unablässige Laufen zur Bordtoilette beginnt oder manch Kleinkind durch die Gänge krabbelt. Weinselige Bordgenossen, die schon mal vorglühen, müssen sie ertragen, auch solche die, entsprechend bekleidet, ihre Füße aus den Schuhen pellen und die Mitreisenden an Edamergerüchen teilhaben lassen. Da hilft nur die Luftdüse in die entsprechende Richtung zu stellen. Wenn dann die Stewardessen das karge Mahl, meist in Form von kleinen Kästchen mit undefinierbarem Inhalt, vorbeifahren, ist der Höhepunkt des Fluges überschritten. Nach Beenden der Plastikschlacht noch schnell ein paar Angebote zollfrei einkaufen und dann geht das Flugzeug in den Sinkflug. Bei Fernreisen liegen dazwischen noch ein paar Stunden in Dunkelheit und der Versuch Schlaf nachzuholen.   Besonders gefährlich wird es, wenn das Flugzeug den Boden berührt und zur Haltestelle hoppelt. Kaum ist die Beleuchtung für das Anschnallsignal erloschen, klicken die Gurte und die Klappen über den Sitzen werden geschwind aufgerissen. Vorsicht vor herabfallenden Rucksäcken und ähnlichen Gegenständen, die in der Hektik zur Seite geschoben werden und nach unten fallen! Dann wird sich flugs in den Gang gestellt und gewartet, bis die Tür sich öffnet. Die an den Fenstern sitzenden Passagiere haben meist erst eine Chance das Flugzeug zu verlassen, wenn die von hinten drückenden Massen das Flugzeug verlassen haben. Dann beginnt meistens der mehr oder weniger lange Weg zur Gepäckausgabe. Man trifft sich am

Kofferkarussell wieder und starrt auf das schwarze Loch, aus dem hoffentlich der aufgegebene Koffer erscheint. Meist ist der eigene Koffer der letzte.

In der Regel wird man bei Pauschalreisen meist schon von einer netten Dame oder einem netten Mann mit Schild in der Hand empfangen. Die ankommende Hühnerschar irrt zunächst in der Ankunftshalle hin und her, bis jeder seinen Anführer gefunden hat. Dieser weist den Weg zu den Transferbussen, die wiederum in Reih und Glied die ankommenden erschöpften Erholungssuchenden auf-nimmt.

Bis der Letzte dorthin gefunden hat, hat man gefühlt den Weg ins Hotel bereits zu Fuß erreicht. Wenn man Glück hat, ist man bei den ersten Hotels dran. Daher achten sie bei der Buchung auf die Hoteldichte vor Ort und in der Umgebung. Je mehr Hotels, desto mehr Haltestellen und die Transferdauer wächst ins Unendliche. Einen Vorteil hat das Ganze. Man sieht zumindest ein paar Alternativen, die man zuvor im Internet betrachtet hat und stellt dabei fest, dass zwar die Fassade stimmt, aber das Drumherum nicht der Katalogseite entspricht. Dann betet man wäh-rend der Weiterfahrt, dass das aufs eigene Hotel hoffentlich nicht zutreffen wird und muss erkennen, auch man selbst ist auf die bunte heile Katalogwelt hereingefallen. Genau neben dem ausgewählten Hotel klafft eine Baugrube, und der Weg zum Wasser ist nicht 500 Meter, sondern gefühlte 1000 Meter entfernt.

Die frühen Reisenden sind flugs weitergezogen, wenn die Gegend unwirtlich war. Das können wir in dem Fall nicht. Auch alles Zetern hilft nichts, denn meist findet man ohnehin keinen qualifizierten Ansprechpartner, dem man das mal so richtig sagen möchte. Zu Hause angekommen ist man froh wieder im eigenen Bett zu liegen, der Ärger verpufft, die Möglichkeit eine Online-Bewertung abzugeben verstreicht, und zum Schluss redet man sich ein, dass es ja sooo schlecht nicht gewesen ist. Davon lebt die Branche.

Natürlich findet man auch kuriose Bewertungen im Internet, die nicht gerade davon zeugen, dass der Reisende erkannt hat, dass ein Hotel mit 500 Betten eben kein einsames schnuckeliges Heim ist, sondern eher das Flair einer Jugendherberge haben wird. Oder ein Hotel, das zwar direkt am Strand liegt, aber dieser nur durch Überwinden einer mehrspurigen Autobahn erreicht wird, eben nicht dazu geeignet ist, Abstand von der Lärm umtosten Großstadt zu nehmen. Auch ist die Lärmschutzverordnung beim Bau von Hotels mit Sicherheit nicht dieselbe, die für ein Haus gelten. Zudem werden ein paar Insekten, die dort beheimatet sind, sich in das eine oder andere Hotelzimmer verirren. Ich selbst bin schon mal des Nachts aufgewacht und hatte eine Heuschrecke gigantischen Ausmaßes auf meinem Arm oder musste einen Skorpion, der sich auf den Weg in meinen Koffer machte abhalten, es sich dort gemütlich zu machen.

Wenn man jedoch nicht ein Hotel für seinen Urlaub auswählt und es so macht, wie in Jugendzeiten, ist der Urlaub auf einem Campingplatz eine Alternative. Da gibt es inzwischen sogar feste Unterkünfte, die das hinter sich herschleppen von Campingwagen unnötig machen. Ein Campingplatz hat so sein eigenes Flair. Man darf auch hier nicht gerade pingelig sein, wenn man nicht zu den Privilegierten gehört, die einer dieser Hotels auf Rädern besitzt. Besonders trifft das aufs Ausland zu. Da werden sich mitunter die Füße im Waschbecken gewaschen und anschließend Wasser zum Abspülen des Grillgeschirrs eingelassen. Und, die Zelte werden manchmal so nah aneinander gestellt, das man beim nächtlichen WC-Gang über die Hering haken des Nachbarzeltes fliegt und das Licht dort eine eigene Lichtquelle unnötig macht. Für Kinder ist Campen allerdings paradiesisch. Sie können bis in die späten Abendstunden durch die Gegend rennen, Kleiderwahl ist völlig egal und waschen ist meist auch nicht unbedingt Pflicht. Man lebt so ursprünglich, wie zu Zeiten der umherziehenden Römer. Ein Campingplatz entspricht daher meist einem solchen Römerlager. Der Zenturio residiert am Eingang und prüft die ankommenden Truppen. Das Lager ist als Schutz vor Feinden umzäunt, das Animationsgelände ist zwar nicht der Exerzierplatz früherer

Zeit, jedoch für allerlei Zeitvertreib vorgesehen. Gekocht wird von jedem selbst. Ab und zu gibt es jedoch auch eine vor Ort befindliche Kantine, in der Mahlzeiten möglich sind. Der Nachteil beim Campen für Frauen ist, dass sie nicht wirklich von den Hausfrauentätigkeiten entbunden sind, und diese zudem in engeren Gegebenheiten ausführen müssen. Daher ist Campingurlaub eher was für Männer, die ihre Erlebnisse in Wohngemeinschaften zu Studienzeiten auffrischen wollen, und mit wildem Bart im Gesicht den Grill anwerfen, um den soeben frisch gefangenen Fisch zuzubereiten.

Die frühen Menschen reisten nicht zum Zeitvertreib und auch nicht, weil sie Erholung suchten. Sie reisten, um zu erobern, zu entdecken oder um neue Weidegrunde fur ihr Vieh zu finden. Der heutige Zweck des Reisens ist Fun, Abenteuer, Erholung, vielleicht auch ein bisschen Neugier auf das Gegenüber und die Erkundung von Land und Leuten. Widmen wir uns bei allem Spaß am Reisen diesem letzten Ziel besonders, denn die einsamen Orte werden in Zeiten des Massentourismus immer seltener, und unberührte Wildnis sollten wir unberührt lassen, damit die dort lebenden Menschen und Tiere ihre Heimat nicht verlieren.

Ich wünsche Ihnen viele schöne Reiseerlebnisse

Ihre

Heike Boeke

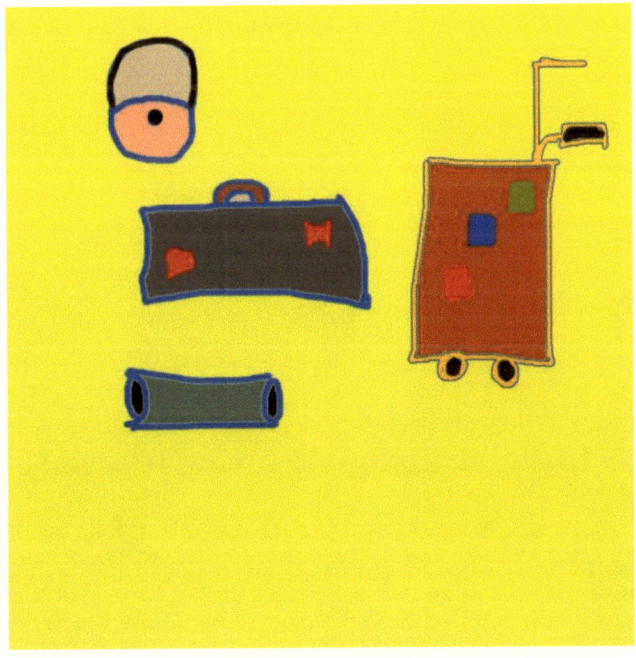

Schauen Sie einmal auf meiner Website vorbei. Hier finden Sie schöne Gedichtbände und Geschichten zum Lachen und Nachdenken für groß und klein von mir:

www.heike-boeke.de

Oskars Reise

*ISBN: 978-3-**7448-0928-3***

Dieses Buch habe ich allen Kindern und Erwachsenen gewidmet, die mit einer körperlichen oder geistigen Einschränkung leben. Die Geschichte erzählt von einem Jungen mit Namen Oskar, der durch einen Traum lernte, dass jeder Mensch liebenswert und einzigartig ist und auch ein Leben mit Einschränkungen ein schönes Leben ist.

Tiergeschichten
*ISBN: 978-3-7460-3467-**6***

Lassen Sie sich überzeugen von Caro, die den Mut hatte, sich ihre Träume zu erfüllen, von Marvin der lernte, dass er auch als Erpel die Welt erobern kann und von Clothilde, die merkte, das Ballast hinderlich ist, um ein Ziel zu erreichen.

Wie oft träumen wir von etwas und trauen uns nicht unseren Traum Realität werden zu lassen? Wie oft denken wir das reichere, schönere und erfolgreichere Menschen es besser haben? Wie oft hindert uns der tägliche Ballast unsere gesetzten Ziele zu erreichen? Lassen Sie sich von meinen drei Geschichten verzaubern, die sowohl für Erwachsene als auch für Kinder von mir geschrieben worden sind.

Erfülle dir deine Träume!
Versuche nicht jemand anderes zu sein als du selbst!
Werfe den Ballast über Bord!

Tiergeschichten
ISBN: 978-3-7460-7557-0

Die Geschichten erzählen von Mut, Freundschaft, bestandenen Gefahren und Menschen, die Tiere als das behandeln, was sie sind - Lebewesen.

Echte Freundschaft kennt keine Grenzen

ISBN:9783752892055

Die weiße Rose der Cherokee
Eine Geschichte über Auswanderung und Flucht

Welche Strapazen nahmen Pioniere der alten Zeit auf sich, in der Hoffnung auf ein neues, besseres Leben? Viele Bücher sind schon darüber geschrieben worden. Diese Geschichte handelt von einer solchen Auswanderung. Die Reise führt die Einwanderer aus dem fernen Schwarzwald nach Oklahoma in die neue Welt. Zur gleichen Zeit machen sich hunderte Indianer auf den ungewollten Weg dorthin, um endlich ihren Frieden und eine dauerhafte Zuflucht dort zu finden. Eine Rose ist das Symbol dieser Flucht.

ISBN: 978-3-7460-3090-*6*
Gedichte zum Schmunzeln

In diesem Gedichtband habe ich die täglichen Kämpfe, sei es mit diversen Verkehrsmitteln, in alltäglichen Situationen, oder mit sich selbst und den lieben Mitmenschen aufs Korn genommen. Doch wenn man sich traut und die Tür der Neugier weit aufmacht, kann man über so Vieles herzlich lachen, auch wenn es einige Steine gibt, die man dabei auf die Seite räumen muss.